Migration verticale

Collection Littératures

Dépôt légal – Septembre 2021
© Rhuthmos, 2021 – N° Siret : 81094682200014
14 A, rue Notre-Dame-de-Nazareth, 75003 Paris
ISBN : 979-10-95155-28-7
ISSN : 2680-6894
Impression : KDP/ICN

FLORENCE
GIUST-DESPRAIRIES

Migration verticale

Rhuthmos

À la mémoire de Giovanna et Giovanni GIUST

Un jour après un jour,
Une vague après une vague
Où vas-tu ? Où allez-vous ?
Terre meurtrie par tant d'hommes errants.
Mais la terre c'est nous.
Nous ne sommes pas sur elle
Mais en elle depuis toujours.

Robert Desnos, *Destinée arbitraire*

Verticale, ligne que suivent les corps
qui tombent, ligne que suit la résul-
tante des forces de pesanteur et par-
tant du centre de gravité.

Le *Littré*

Chant I

La mer n'est pas un fleuve qui connaît le voyage,
mais une eau sauvage
au-dessous c'est un vide déchaîné, un précipice

Erri de Luca, *Aller simple*

À l'aplomb de nos corps
Une clameur de mer
Ossifie le temps
Le sable et l'eau dépareillés

Il faut revenir à cette fureur
Qui traque la chair
À coup de rage à coup de vent
Et soulève l'onde
Disgraciée

À visages d'hommes
Des sauts d'écume
Des bruits de rêves
Pour gagner des marges argileuses

L'angoisse et l'oubli
Tendus comme des arcs
Gravent la houle
À son passage

Revenir à cette brûlure
Le cri du sel
L'avidité de l'eau

Des liens glacés
Qui assèchent la corde
Un couloir qui s'éloigne
L'entaille de la fièvre

Il n'y a peut-être que la nuit
Pour s'entasser se disloquer
Faire entrer nos corps tout entiers
Dans l'âcre saveur des barques
Sans nos voix sans nos souffles
À bouche fermée
Prendre le large

Devant nos corps battants
Qui frappent l'onde
Flairer cette secousse
Cette lame de fond
Plus sanguine encore
Que la chair

Déplacer des songes
Intouchés
Lever les mots
L'enfance
Rétive aux récits
Tirer l'algue brune
Sur la grève

Il faut revenir à cet exil
Qui bride nos yeux
Comme un glissement
Comme une souillure
Une baie une plaie
Qui prophétisent
L'impur

Trouver une démence
À cet oubli
Gorgée de crimes
Qui aggrave le rugissement
Des fonds

Revenir à cette sentence
La cérémonie du gouffre
Le saut souverain des corps
Dans la passe
L'élan et l'abandon
Dans la même hébétude
Jusqu'à la vague le glas

Des sauts d'écume
Des hauts le cœur
Flanc contre mer
La voix de l'os

Pour une errance un seuil
Des gestes égarés
Sans suite

La mort blanche
D'une horde insoumise
Coulée dans le cristal

Rien ni l'espace
Seule une coulée blanche
Ignorant son dû
La brume vaine
Extensive

Chant II

Cent hommes en armes, ils étaient cent
Quand le soleil parut à l'horizon
Ils avancèrent tous d'un pas
Cela dura des heures sans qu'il n'y eut un bruit
Nul d'entre eux ne battait des paupières

Primo Lévi, *À une heure incertaine*

Il faut revenir à ces visages
Tous ces visages
Au front
En miroir de leurs bottes
Lissés jusqu'au détail

Au rêve abstrait
D'une mort ronde
Qui fixe l'ombre
En son milieu
Sans déchirure

Le besoin de tuer
Sous la lune
L'inconnu

Revenir aux heures de nuit
Où la chair immatérielle
Se compte par milliers
Et saute sur un cœur
Sans inventaire

Innocenter la terre
La foudre
À son passage
La mort frontale
Sans preuve

Blanchir la fureur
La hache incendiaire

Revenir à ce guerrier
Haletant
Qui cherche
Les chars et la plaine
Sans comptes à rendre
Les yeux battus et mauves

Cette chimère cannibale
Qui tranche
Le flanc ignoré
Perdu dans nos têtes
À même nos lassitudes
Comme un blasphème

L'intime embellie de nos souffles
Hantés par le regard d'en face

Une peur frontalière
Assiégée titubante
Ouvre une tranchée
Dans nos gorges anémiques

Retrouver ces racines
Qui éternisent leurs noms
En nous anonymes

Pour une terre
Jamais la même
L'infini dans la tête
Le fond

Des voix
Qui égarent leur sève
Dans le sentier des trembles

Le soufre et l'effroi

L'enfance peut-être
La hantise du lieu

Chant III

Je suis un homme blessé
Je voudrais enfin arriver
Là où on écoute
L'homme seul avec lui-même

Giuseppe Ungaretti, *Vie d'un homme*

Il faut revenir à nos corps vivants
Gorgés d'eau et de peine
Dans la vie successive

À cette balle perdue
Qui hante tes tempes
Insidieuse
Dans tes yeux
Comme des intervalles

Tu dors debout un sommeil sentinelle
Touchant à peine le jour
Des cailloux blancs
Tombent de ta mémoire
Les uns tout près des autres

Revenir aux aveux
Les voix toutes les voix
Sur des prunelles captives
La nuque qui se cabre
Éperdument la chair

Des mots dévots
Qui surgissent comme des taches
L'incessante indécence, la traque
Pour sonder ton cœur ton sang tes reins
L'irritant halètement des volières

Le regard gelé sur une cage d'ombre
Des gibiers assourdis
Battent les buissons
Et palpitent
Sur ton cœur
Avec un bruit de chaîne

Les ailes avides des vautours
Scellent l'exil et l'ivresse

Un monde prétendu rond
Qui s'étend à mesure

Des songes blancs

Une langue un nom
Que la rumeur invente
Tous ces mots restés nus
Doléance fleur de soufre
Des piliers polyglottes
Aux alvéoles vides
Pierre dans la pierre cette haute butée
D'air de rafales et de givre

Ton corps raidi frappé
Ta voix
Hésitante sourde

N'avoir de corps que cette attente
Coulée sur une monture aux gestes saturés
Le sable blond passé dans les cendres
La hantise du froid

Tu retiens une vague ventriloque
Pour te retirer d'une absence
Clamant le juste l'égarement

Dans ta folie gigogne
Tu cherches un mot
Qui donne un lieu
Pour apaiser la faim d'un autre
Tu pousses des branches
Qui dressent des poings
Pour mordre un chien
Qui bondit comme l'effroi
Boire à pleines mains
Les sources mendiantes

Revenir à cette lente capture de l'ombre
Tu marches ton refus comme une branche
Pour atteindre un mur de pierres sèches
Pas un battement pas une brise
Des herbes toujours plus hautes
Contre la peau contre le ciel
Un vent lourd
Un gong
Frappe résonne s'étonne frappe
Coup de bélier
Ton corps attend se démet se hait
Et ton âme ?
Plaque métallique ton âme
Où la nuit vient heurter s'aimanter
Surgit un lièvre
Écorché vif
Sur tes tempes
Son cœur battant
Plus un geste mais un œil
L'informe
D'une chimère sans récit

Revenir à ce gibier
Qui cherche
La blessure sans témoin
Qui te sépare de toi-même

La parole qui annonce
Le recul de nos bras
Étend l'exil

Il faut durer
Quand il reste à naître

Une honte minérale
Fige sur ton visage
Nos fondations d'argile
Sur nos lèvres
Des débris de calcaire et de peur

Désormais chaque mot désigne
Un landau éventré
Qui claque de froid la nuit

Chant IV

Ainsi donc
Il y a encore des temples debout. Une étoile
A bien encore de la lumière
Rien
Rien n'est perdu

Paul Celan, *Déferlé, déferlé*

Dire la vacuité irritante
L'infini glissement du temps
Sur nos visages en fuite
Les modulations indécises de nos voix
Accrochées à des violons titubants

Le lent déplacement de nos gestes
Abandonnés ouverts
L'attrait docile des palmes veuves

Dire cette rêverie rude et secrète
Qui guette chaque menace
Tant de remous tant de mélanges
Pour concilier l'attente et le vif

Cloches avides de battant
La vie debout hantée
Résonne sonne
Adolescente nue

Revenir à cette fraîcheur primordiale
Qui enfreint le désastre
Et gagne la chair l'aube
L'élémentaire secousse d'herbe tendre

Un frisson d'eau de flammes
Et de collines bleues
Une présence ailée
À la surface du monde
Jusqu'au frémissement d'un nom
Arc brisé fontaines chevauchées
Un langage une langue

La densité sans âge et l'ardeur verticale
L'instinct l'arbre et la nuit oublieuse

La substance immédiate de nos corps
Lucides inépuisables
La vague chaque fois devancée
L'onde intime du vent dans nos souffles

Le primitif parfum de la glaise
L'ocre épaisseur des terres fauves
Des terres d'ombres
Où la soie frôle la brûlure

L'opiniâtre clarté de l'aube
Une saveur native
Le temps seul debout

Parfois des filles hâlées
Aux ventres découverts
Rêvent à demi
Sur des autels déserts

Revenir à ces rêves éperdus
Qui épuisent l'attente
Sans soulager la nuit
Tous ces mondes où se perdre
Sans retour sans départ

L'absence comme un rapt
Déloge les sources

À chaque secousse
Des bris de murs
Des fonds de coupes

Ces chevaux fugitifs
Qui traversent les nuits
À contre vent du ciel
Et tous ces mots blanchis
Qui claquent à découvert
Où sont-ils allés boire

Chant V

L'homme ce lumineux désir de chant
Vocatif. Trop

Édouard Glissant, *Soleil de la conscience*

Cet étrange touché de tes mots
De tes lèvres
Une soif somnambule
Transie comme une bulle
L'infini en trop sur l'onde
Ce trop d'absence

Tu marches sur la grève
Sans hâte sans pause
Sur des criques lovées
Où chaque galet libère
Une brillance enfantine

Debout contre la vague
Tu touches l'horizon
Qui résiste et consent

Ton regard accomplit un geste
Sur la terre emmurée
Qui assèche la chair

Alors se refait la trace
Jusqu'au bruissement d'un corps
Nu toujours mais vertical

Le vertige intime des arbres
Dans la cécité du jour

Comme l'eau grave
Jaillit de la roche
Plus ample que la perte
Une tendresse soudaine brutale
Fraye un passage
Coulée de miel fragment de ciel
Un trouble indécis vagabond
Comme une crainte
Un violon à naître

Pressentir une fraîcheur
Oublieuse du passé
Qui arrache à la chair
Une lenteur cariatide

Tu marches insoumis
Sur des morsures de guerre
Comme un sourcier
Tu me précèdes

Chant VI

Et tout l'aveu de mer au plus intime de nos corps

Saint-John Perse, *Amers*

Il faut revenir à la courbe tardive
Qui retient nos voix mêlées
Contre l'indistinct

La vague conciliée avec l'offrande
C'est mon âme que tu caresses
À fleur d'eau le refus
Sur nos lèvres entr'ouvertes

Entre nuages et nuances
La lune prophétique
Trace déjà l'au-delà sur nos corps

Revenir à cet étrange passage
Entre le ciel et toi
Où l'errance et la volupté
Lèvent en moi tant de visages

Tapie dans nos corps
Une figure à naître

La hantise de trahir
Ces ombres pleines
Qui saturent nos yeux

Tes mains sur mon corps
Font l'inventaire
Des chairs inavouées
Qui refusent ton visage

Une soif primitive
Cabre nos hanches
L'aube fragmentée
Bat la nuit de son aile

L'évasive transhumance
Déplace tes attentes
Sur des flancs impalpables
Des barques insulaires
Égarées dans tes gestes
Poussent mes lassitudes

Dans tes mains
Pétries d'exode
Des corbeaux blancs

Une faim séculaire
Perpétue sur nos lèvres
Un désir carnivore

Une vague nocturne
Sourde féline
Brasse dans nos corps
Une offrande sacrée

Dans nos veines
Un reste gourd d'eau salée

Ta nudité appelle la présence
Des migrants endormis
À fleur de peau sous nos étreintes

Au rythme de ton sang
L'âpre mélodie du désert
Déplie la soie brune
Où nous glissons

La lune soudaine et fauve
Grave sur nos corps
Une courbe de verre

Chant VII

Cet enfant qui criait dans l'orage
Chacun le reconnu pour sien
Et voulu secrètement lui répondre

Giani Esposito, *Omphalos*

Il faut revenir à ces pays sans terre
Où les courants soulèvent
Des enfants vagabonds
Jetés entiers dans une chimère

Une rage anonyme
Sous leurs paupières
Flotte au vent

Dans leur bouche entre-ouverte
Ce goût de sable et d'eau
Maçonnés
La mousse blanche

Sur la vague ourdie
La ligne d'horizon
Fondante noyée

L'enfance toujours proche
Dans nos cœurs assoiffés
Bascule sur ces corps
Infiniment lovés

Nos regards en miroir
Se fondent
Impudiques

L'inlassable nécessité
D'inventer un visage un geste
Enveloppe charnelle
Sans nom

Le désir de voir entre chair et mer
La densité même

Soulever la bâche
Qui gèle au couchant
L'intime inachevé

Revenir à la honte inépuisée
Des femmes
Qui se lèvent dolentes
Pour frayer de leurs mots
Le sang de la terre
Inverser le cri des armes

La rumeur gravide des océans
Creuse un puits
Où la vague se rue
Un trou noir captif
Inconsolé

Au bord du puits
Un seau baillant

Dire encore la fugitive
Femme née de l'onde
Balbutiante et rebelle
Comme une lacune
Grave comme une offense

La lune solitaire négative à demi
La dune sèche comme un reflet

Et la morsure blanche
D'une louve aux abois

D'une terre à l'autre
Des porteuses d'eau au regard insulaire
Guettent les variations du ciel

Des ailes défuntes
Passent
Somnambules

Dans ces errements circulaires
Les âmes vulnérables
Restent vivre
Au croisement de nos voix

Revenir à ce fond d'origine
Où la chair réinvente le lait et la soif

La houle sourde du levant
La clameur de l'orage
Une source captive
Un pur espace de chant

L'élémentaire poussée du jour
La fraîcheur ailée des coquelicots
L'indolence des saules

Entre racine et feuille
La tige claire
L'enfance l'herbe

Chant VIII

J'ai connu mon plancton
…masse de mouvements flottants sans fin

Henri Michaux, *Passages*

Il faut revenir à cette errance
Primitive

L'ondulation d'un toucher incertain

Des voiles frémissantes
Retiennent les gestes
Que prolongent en nous d'autres corps
Comme si l'unique était entier

Des barques pêcheuses
Assoiffées d'horizon
Figent sur nos lèvres
L'ordre muet de l'exil

La vague
Ignorante animale
Déchire la ramée
Fauve indifféremment

Des naufragés plaintifs
Laminent les contours
D'une algue brune
Qui hante la mer depuis le jour

Sur leur dos alanguis
La brume qui s'étend
Sature les images
Où nos regards se tendent

Quand mêlée d'écume haineuse esclave
L'eau brûle tumultueuse
Une meute à genoux
Enchaîne la vague
À la fureur du monde

Nous flottons sur cette blessure
Qui dessèche les corps
Fibre à fibre
Nos visages même dans les marges

Dans une lumière d'ombre et de sable
Je recrée à chaque saison
Entre vague et vent
Le bleu de la mer

Sur la plage incendiée
Une saveur de sel
Me mure et me possède

Placée d'office dans ta tourmente
Je ne sais plus
De ton étoile ou de la mienne
Laquelle vient devant
Et je rêve de ton rêve
Sans pouvoir me retourner

Il faudrait recommencer
Poser ton regard d'abord
Le garder le retarder
Et puis chacun de nous
Avec son abandon

Derrière le miroir des murmures
Des migrants somnambules
Dansent leur démesure
Agissant leur monde

Mon haleine asservie
Mêle leurs sépultures
Dans le souffle du temps

Je dresse des autels
Aux naufragés avides
Qui affament des fauves
À leur passage

Une clameur captive
Se mêle dans mon corps
Aux offrandes votives

Et les mots se heurtent
Aux regards battus
Des migrants pénitents

Disloquée ventriloque
Je perds le souffle et le mouvement
La douceur des fatigues

La vague soliloque
Où prend forme l'absence
Cède à la pâleur
Des veilleurs de nuit

Des marins plumitifs
Porte au-devant
L'humeur pendulaire

Des mots étanchés vifs
Aux contours asthéniques
Ton visage sans terre
Insidieusement la mer

À la marée montante
La vague indivise
Aux rebonds éphémères
Flotte comme un songe
Qui sommeille à demi

Nos lèvres dessaisies
La mer elle-même
Ivre oublieuse

Et ce mot bleu à l'intérieur
Mendiant

DU MÊME AUTEUR

Poésie

L'ombre bleue de l'argile, Athènes, Ammos, 2000.

Aux racines des combes, Charlieu, La Bartavelle, 2003.

L'aube fragmentée, Paris, L'harmattan, 2007.

L'enfance, l'herbe, Paris, Poésie/Première, 2013.

Une jetée de cendres, Paris, Concerto, 2013.

L'infanzia, l'erba, Venezia, Classici Contro, 2020.

9 791095 155287